공놀이하는 달마

궁놀이하는 달마

최동호 시집

민음의 시 108

민음사

책 머리에

동쪽으로 온 달마를 화두 삼아 삶의 껍질을 벗어보겠다고 마음 먹은 지 10년여의 세월이 지났다.

한 스승은 고독한 시간을 많이 가지라고 당부했다. 또 다른 스승은 거지 탁발승 시절에 깨달았던 문둥이 법문으로 세상살이의 부질없음을 일깨워 주었고, 무욕이 무엇인지 실천적으로 보여준 스승도 있었다.

가까운 나의 한 도반은 내 가슴을 북처럼 두들기면 마침내 밀림의 북소리가 들려올 것이라 일러주었다. 눈을 크게 떴다가 오래 침묵할 수밖에 없었다. 이 지점에 이르기까지 나이면서 나 아닌 것을 찾아 많은 방황과 반성의 시간들을 보냈다. 이제 겨우 서가에 꽂힌 책들의 밀림을 벗어나 밀림의 흙 묻은 빗방울 소리 듣고 있다고 할 수 있을지 모르겠다.

옛 어른들을 흉내내서 다음과 같이 말하고 싶다.

달마의 공은 달마가 아니요, 달마 아닌 것도 아니다. 동산 위의 달덩이를 걷어차고 뒤돌아보지 않고 걸어가는 자는 누구인가.

그 동안 달마의 발길에 채여 멍든 시편들을 마음 깊이 읽어준 분들에게 감사드리며, 세상의 바다 속으로 한 걸음 더 들어가고 싶다.

2002년 4월 저자 씀

차례

2

3

4

1

달빛선원의 황금사자

—— 달마는 왜 동쪽으로 왔는가

막다른 계곡에 부딪쳐 용틀임하는 거친 바람이
큰 나무 둥치를 쓰러트릴 듯이 휘감다가, 칠성판에서
튀어오른 뼈다귀들 불티 가라앉히는 소리 들리면

지척에서 대들보 갈라지는 소리 혼불이 빠져나가듯
하얗게 옹이진 나뭇결을 발라낸다 돌아누우면
무처럼 냉한 바람든 육신의 뼈마디가 헐거웁게 서걱댄다

大寂의 달빛 저편 어둑한 개울가의 돌무더기는
솜눈옷 갈아입고 묵상하는 아기 눈부처가 되었는데
無今*의 마당에는 뒤꿈치에서 꼬리 달린 소소리바람이

달빛은 놓아두고 귀신 붙은 나뭇잎만 쓸어간다
해묵은 육신에 생의 불꽃을 피우려는 선방에선
황금사자**가 넘나드는 칸 너머 문풍지 바르르 몸을 떤다

둥근 달에게 달마를 묻다

—— 달마는 왜 동쪽으로 왔는가

붉은 살덩어리
어린 아해가 막 울고 있는데

달마는 왜 동쪽으로 왔는가

먹구름은 까마득한 날부터
빗방울의 길을 따라 바다로 흘러갔다네

어린 아해는 왜 목이 붓도록 울어도

오갈 것이 본래 없는데
숯검덩이 달마는 탈바가지 덮어쓰고

왜 동쪽으로 찾아왔는가

달빛 잔잔히 누빈 강물에
달마 눈썹 하늘 비추니

서쪽 하늘에서 떨어진 둥근 달아
네 가는 곳이 어디더냐

엉덩짝을 걷어차니
뜰 앞의 짚신 한 짝!

눈 그친 날 달마의 차 한 잔
—— 달마는 왜 동쪽으로 왔는가

은산철벽 마주한 달마에게
바위덩이 내려누르는 졸음이 왔다
눈썹을 하나씩 뜯어내도
졸음의 계곡에 발걸음 푹푹 빠지고

마비된 살을 송곳으로 찔러도 졸음이 몰아쳐왔다
달마는 마당으로 나가
팔을 잘랐다* 떨어지는 선혈이 살아
하얗게 솟구치는 뿌연 벽만 바라보았다

졸음에서 깬 달마가 마당가를 거닐었더니
한 귀퉁이에 팔 잘린 차나무가
촉기 서린 이파리 햇빛에 내보이며
병신 달마에게 어떠냐고 눈웃음 보내주었다

눈썹도 팔도 없는 달마도 히죽 웃었다
눈 그친 다음날

------

* 혜가는 어깨 높이로 눈 내린 날 밤 스승에게 법을 물었다. 스승
  달마는 대답하지 않았다. 팔을 자르고 난 다음 혜가는 달마의 법을
  얻었다.

바위덩이 졸음을 쪼개고 솟아난 샘물처럼
연푸른 달마의 눈동자

(여보게! 차나 한 잔 마시게나)

겨울 밤 조사들의 말뼉다귀

—— 달마는 왜 동쪽으로 왔는가

아침 햇살에는 해묵은 唐詩를 보고
저녁 어둠에는 『白痴』를 읽는다

밤늦게 조사들의 말뼉다귀를 타고
꿈속 달밤 『禪門拈頌』*의 천리길 달린다

달마는 어디 있느냐 도끼눈빛으로 벽을 쪼아보는
달마여, 채찍 그림자**로 턱수염을 잘라라

탈바가지 벗어 던지면
누구나 천진한 三尺童子

---

*『禪門拈頌』: 고려 시대 혜심국사가 편한 것으로 여러 불조(佛祖)가
염(拈)하고 송(頌)한 약 1125칙(則)을 모은 것이며, 당시 동양에서
유례를 찾기 힘든 규모로 조선 시대 불교에 큰 영향을 주었다.
**채찍 그림자: 〈세간의 좋은 말은 채찍 그림자만 보고도 달린다〉는
부처님 말씀에서 유래한다.

돌사람이 춤을 춘다

—— 달마는 왜 동쪽으로 왔는가

구멍 하나로 드나드는
수천의 망설임과
눈 붙이지 못하는 굴껍질 같은 밤, 가벼운
눈꺼풀이 꽃잎처럼 피었다 진다

누구인가, 입술을 죽여
피리를 불어 꽃잎의 숨소리를 일깨운다
곰팡이가 홍역처럼 번진 낯바닥으로 웃고 있는
곱사등이 돌사람이

얼쑤 절쑤
나뭇가지를 붙들고 궁둥이를 흔들며
귀신을 부르는 저승사자춤을 춘다

백담사 나뭇잎 법당

—— 달마는 왜 동쪽으로 왔는가

새벽녘 푸른 산들바람이 쓸어놓은
물이랑 빗자루 길

잠 못 든 밤의 끄을린 기침 소리
부처님의 나루터 앞 나뭇잎에 띄우고

겨울 바다 멀리 연꽃 피우러 갈
붉은 가랑잎 법당 한 채

빗자루의 등신 그림자
—— 달마는 왜 동쪽으로 왔는가

새벽 마당에 솟아오르던 치마폭 물안개
음전히 가라앉힌 바닥에

얼빠진 등신처럼 기대 선 빗자루*
하 많은 세상살이 빗방울 대이파리로 쓸었는지

터럭 끝 바람에도 넘어질 듯
배부른 기둥에 그림자 끌고 비뚜름하다

---

*윤고암 스님의 빗자루 법문, 사찰 분규에 휩싸인 신흥사에 부임한
스님은 아무 말씀 없이 법당 앞 마당을 빗자루로 쓸어 모든 분란을
잠재웠다고 한다.

풍경이 하늘을 끌어안다
—— 달마는 왜 동쪽으로 왔는가

날마다 쓰는 마당에는 언제나
작별을 만들고 떠나가는 쓸쓸한 바람으로
손목 가늘어진 낙엽이 떨어진다

빗자루를 잡고 있던 손
한짝 신발도 닳을 땐 서로가 외로워
절뚝거리는 뒤축

떨어지지 않으려다 눈이 빨간 까치밥
마음 시린 동자승 입김 불어
산기슭 가람을 끌어안는 풍경이 운다

산들바람

── 달마는 왜 동쪽으로 왔는가

첫 새벽 시작한
학과 공부에 등뼈 비틀던 경판들도
학승들과 제 자리로 돌아간 다음

노스님네 게걸음
산보 어간에 대웅전 코끝을 까치가 간질러
튀밥처럼 희게 쏟아지는 아침 햇살

마당 귀퉁이에 폭포처럼 내려와
나무이파리 흔드는 산들바람과 함께
황금 햇살 펼치는 빗자루길 산보를 시작한다

해골바가지 두드리면 세상이 화창하다

—— 달마는 왜 동쪽으로 왔는가

아침 딱따구리 계곡을
나무라듯 덩치 큰 나무를 흔드는데
졸면서 마당 쓰는 동자승 바라보고

빙그레 미소짓는 부처님
살풋히 감긴 눈빛
보이는 것이 있는지 없는지

법당의 큰스님 자기 해골 두드리는 소리
산과 계곡으로 퍼져나가
세상의 햇살이 아기 걸음마처럼 화창하다

아버님 말씀

—— 달마는 왜 동쪽으로 왔는가

추석 지나 샤오미* 태풍 지나고
햇빛 밝아 산소에 가보았더니

봉분 위에 솔방울 몇 개
툭툭 바람결을 날리며 흩어져 있었다

왜 이제야 오느냐고
살아 생전 비바람에 씻긴 돌처럼 과묵하시던

아버님의 말씀 가을 바람에 여문
까만 솔씨 환약처럼 떨어져 있었다

---

* 2000년 가을의 태풍.

바람의 친구가 등뒤에

―― 달마는 왜 동쪽으로 왔는가

쓸지 않은 마당 귀퉁이
가을 하늘 떠돌던
붉은 나뭇잎 몰려간 돌 틈서리

바람의 친구가 몰래 찾아와
혼자 놀다가
외로운 발자국 들켜 얼굴 붉히고 있었구나

펼쳐진 책갈피 막힌 글귀
허공에 들추면서
흰 구름 지상을 맑게 쓸어주었구나

말없이 등뒤에서 따스한 눈길로
막막한 세상사 다독거리던
그 옛날 어깨동무 친구처럼

가을 내장사

―― 달마는 왜 동쪽으로 왔는가

하늘실을 타고 대웅전 허공을
민들레 풀씨처럼 날고 있는 동자승
피리 불어 하늘 아래 사바 세계
푸른 잎 다 물들여 보였는데

산문 밖
와글거리는 우리들
등불 들고 길 못 찾는 청맹과니처럼

色色바람 휘모는
부처님 마음
모른다는 걸까

인가의 가을 불빛은 총총해도
산문안 별빛은
깨닫지 못해 눈치 없는
왕눈처럼 칩다

원숭이 잔등에서 물기가 반짝일 때

—— 달마는 왜 동쪽으로 왔는가

겨울빛은 쓸쓸하게 혼자서 걸어와
돌계단과 탑 모서리의 숫눈 위를 비추다가
하늘을 향해 치솟은 처마 끝
원숭이 잔등을 쓸어주다 잠깐 물기를 떨군다

흐린 단청 대웅전 안에 좌정한 부처님의
누런 어깨 위의 하얀 먼지는
해마다 찾아왔다가
여위어 돌아간 겨울빛의 외로운 흔적

푸르게 내밀었던 고사리 손이 까맣게 말라붙어도
언제나 제 자리를 지키는 바위덩이만
법당을 지키는 쓸쓸한 겨울빛 쪼이다가
날마다 말씀의 바퀴를 굴리며 둥글어진다

한 고독한 스승에게
―― 달마는 왜 동쪽으로 왔는가

돌무더기 묵정밭 갈아엎고 無明의 염주알 만들었나
닭벼슬 꼭두서니빛 깃털을 날리는 새벽바람 들이쉬고

쪽배 같은 나뭇잎 책상 앞에 놓고 어스레한 눈으로
한 칸 세상 저 너머 망망한 파도 무연하게 홀로 바라
볼 때

치렁한 어둠의 굽돌이에 빗방울 튕겨오르는 마당가
새벽녘 원고지 위의 그림자 지우고 가는 적막한 바람
소리

수염 없는 달마의 수염

—— 달마는 왜 동쪽으로 왔는가

문선사가 어느 날 젊은 동자에게 물었다.
「보리 달마는 왜 수염이 없는가」*

20여 년 후 그 동자 스님이 답했다.
「매일 쓰다듬어도 수염은 자라지 않고
  하늘은 너무 맑아 염색을 하고 있네
  한 소식 달빛을 잡은 손발톱은 다 물러빠지고」

길 잘못 든 저잣거리 바보가 10년 후 잘못 알아듣고 말
했다.
「물러빠진 손톱으로 수염을 쓰다듬지 마라
  수염 없는 달마가 하늘빛 칠해 놓았더니
  옥수수 씨알 드는 달빛에 밝은 하늘 푸르구나」

---

* 문성준 선사가 한 동자승에게 던진 화두이다.

벌레

—— 달마는 왜 동쪽으로 왔는가

빈 숲의 딱따구리 소리여
움직일 곳 바이 없구나

오막살이 집
구부린

벌레 한 마리

2

세속의 길

—— 달마는 왜 동쪽으로 왔는가

산길 멈춘 바위 아래
이끼 묵은 옛 암자 하나

맑은 샘물에 구름띄워 보내
뜰 앞의 잣나무 사시사철 푸르고

흙벽담이 무너지며
다른 쪽 벽을 후려치고*

서까래 튕겨나가도
뚫리지 않는 마음의 벽이여

벗겨진 대머리 천장 위로 지나가던 흰 구름
때로 이슬방울 떨어뜨려주어도

어둠에 잠긴 눈은
하늘빛을 알아내지 못하네

보라 해도 보지 못하고
들으라 해도 듣지 못하여

동쪽으로만 가는 자는
서쪽 길을 잃으리니

세속을 버린다고, 그대는
정녕 가야 할 길도 잊었구나

벙어리 사복* 원효를 가르치다
—— 달마는 왜 동쪽으로 왔는가

벙어리 친구 사복의 어미가 죽자
원효가 보살계를 주었다

「살지 말자니 그 죽음이 괴롭구나!
 죽지 말자니 그 삶이 괴롭도다!」

벙어리 사복이 한 마디로 잘랐다
「사설이 복잡하도다!」

원효는 문득 깨닫고 말을 고쳤다
「죽고 사는 것이 다 괴롭도다!」

---

* 사복(蛇福) : 『삼국유사』 제4권 「의해」에 나오는 인물.

어미와 극락 간 사복

—— 달마는 왜 동쪽으로 왔는가

원효는 사복과 함께 상여를 매고 활리산 동쪽으로 들어
갔다
먼저 원효가 말했다
「지혜의 범은 지혜의 숲에 묻는 것이 좋지 않겠는가?」

벙어리 사복은 게송을 더듬거렸다
「그 옛날 석가모니 부처님은
사라수 나무 숲 사이로 열반에 드셨는데
지금도 그 같은 자가 있어
극락 세계에 편히 들어가네」

더듬거리던 벙어리 평생의 말을 마치고 긴 풀줄기를 뽑
으니
인간 세상이 아닌 지하의 세계가 열리고
칠보누각이 장엄하였다
사복이 어미의 시체를 업고 들어가니
갑자기 그 땅이 합쳐지고

원효는 그만 홀로 돌아왔다

애비 없는 사복

── 달마는 왜 동쪽으로 왔는가

남편 없이 잉태한 과부의 아들 사복은
열두 살이 되어도 일어나지 못하고 제대로 말 못했어도

그가 남긴 간단한 말씀 우레의 숲과 같으니
삶과 죽음이 괴롭다 하되 원래 괴로움이 아니렷다

달마는 왜 동쪽으로 왔는가
오고 감이 없는데 이 무슨 연고인가

해골바가지 물 마시고,* 문득 돌아볼 그림자도 없나니
그대와 내가 옛날 불경을 함께 싣던 암소** 죽었구나

이를 어찌할꼬 어찌할꼬
오고 감이 없다면 삶과 죽음이 없도다

---

* 원효가 한밤중 해골바가지 물을 마시고 득도했다는 이야기에서 유래
  한다.
** 사복의 어머니를 지칭한다.

딱따구리는 어디에 숨어 있는가
—— 달마는 왜 동쪽으로 왔는가

구정 연휴 첫날 새벽부터
함박눈이 내리고 있었다
찾아갈 사람을 다 지운 길 위에
바퀴 자국을 남기고
교문을 들어와 닫힌 철제문을 열고
어두운 동굴의 구멍 뚫린 복도에 들어섰다

책더미 가운데 나무구덩이처럼
나의 자리를 차지하니
깊은 산 고목나무 속에 들어가
겨우살이 하는 벌레와 같았다
어디로부터도 오지 않은 발걸음 소리들,
하루종일 지붕에서 들려오던 평일의

말소리 끊어버린 전화기 그리고 더불어
이야기할 사람도 없이
도시락을 비우고
천천히 찬물로 내장을 씻었다
창 밖에 쌓인 눈더미에 눈이 시려
낮게 흐르던 음악도 쉬게 하니

작은 글자들 사이로
머나먼 바람 소리가 되살아났다
딱따구리는 어디에 숨어 있는가,
화강암 건물 한 모퉁이에서 돌을 맞물고 있던
모래알이 부스러져 그 자신의 품으로 돌아가고

함박눈 그친 다음 겨울 仁壽峰에
햇살 푸르게 퍼져나가는
구정 연휴 첫날, 궁금함을 참지 못한
書冊의 글자들이 가끔 고개를 내밀어
딱딱한 부리로 웅크린 가슴을 깨우쳤다

거미줄

—— 달마는 왜 동쪽으로 왔는가

아침 산보길
매미 소리 하얀빛을 뿌리며
짙푸른 여름 나무둥치 속으로 파들어가는데
거미는 없고 거미줄에서
퍼덕이다 부서진 나비 날개를
우연히 발견한다

어젯밤 꿈속에서
몸부림치던
어깨쭉지가 아니었을까
공연히 나의 팔을
허공에 휘저어보는
아침 산보길의 뭉클한 흙 냄새

반딧불

—— 달마는 왜 동쪽으로 왔는가

길을 찾았다고 반짝였던 걸까
길을 잃었다고 반짝였던 걸까

숙취에서 덜 깬 새벽녘
풀섶 이슬에 구멍 뚫린 양말을 적시며 걸어도

어디에서도 찾을 길 없는
지난밤 반딧불의 빛그림자

은자의 꽃

—— 달마는 왜 동쪽으로 왔는가

안개 일으키는 산바람
구름 띄운 하늘 저어가다
이슬 맺힌 눈물꽃

흔들리는 한해살이풀
어디선가 누구를 향해
피는 줄도 모르고

은은한 산자락
내려앉은 그림자 드리우고
평생 한구석을 지키며

이름짓지 않는 사람*이 실문 닫고
한 칸 어둠 속에서 내다보는 세상살이
은자의 꽃

---

* 무명(無名)과 무위(無爲)는 노장의 근원이다.

어깨 움츠리는 소나무

—— 달마는 왜 동쪽으로 왔는가

산을 머금은 물방울
바다가 감출 때 소리가 없다

솔방울 떨어뜨린 소나무
휘다 어깨 추스리는 소리가

허공의 해안선을 끌어당긴다
달마가 한 기미를 간파하고 손뼉 치니

큰 활시위에 걸린 작은 솔방울들 까마귀떼처럼
지구 저편으로 날아가 버린다

모래알보다 작은 산들

—— 달마는 왜 동쪽으로 왔는가

멀리서 바라보면 작은 것들이 보인다

큰 새의 깃 아래
산맥들이 눈 밑으로 깔리고

천리길을 걸어온 발가락 끝에는
모래알 하나가 크다

만리 세상을 날아갈 새의 깃에는
천하의 산들이 모래알보다 작다

가을 하늘 움켜쥔 물방울

—— 달마는 왜 동쪽으로 왔는가

天地四方에 有情한
낙엽이 부스스 쏟아진다
온통 그리운 이름들, 이내
돌아가지 못하는 나
홀쭉한 내 그림자를 돌이켜본다

구르다 멈춘
낙엽 위의 물방울 한 점
멀리 있는 얼굴 하나 떠올라
天地四方에 날리는 有情한 나뭇잎

푸르던 가을 하늘 움켜쥔 채
노을에 젖은
구리빛 작별의 손을 오무린다

생선 굽는 가을

—— 달마는 왜 동쪽으로 왔는가

썰렁한 그림자 등에 지고
어스럼 가을 저녁 생선 굽는 냄새 뽀얗게 새어나오는
낡은 집들 사이의 골목길을 지나면서
삐걱거리는 문 안의

정겨운 말소리들 고향집처럼 그리워 불빛 들여다보면
낡아가는 문틀에
뼈 바른 생선의 눈알같이 빠끔이 박힌
녹슨 못자국

흐린 못물 자국 같은 생의 멍울이 간간하다

노루꼬리 지팡이

바퀴를 굴리는 해를
등뒤에 두고
평생의 그림자 끌고 산을 향해 걸어간다

마지막 산그림자를 삼킨
노루꼬리 지팡이
노인의 등뼈처럼 꾸부정한 채

테두리가 뭉그러진다
어둠이 어둠을 지핀 등 뒤에 켜켜이 쌓인
어둠마저 삼킨 지팡이 끝에 직립의 평생이 사라진다

모래산의 먼지

—— 달마는 왜 동쪽으로 왔는가

무모한 자가 아니라면
위험한 일에 나서지 않는다
혁명도 사랑도 시시하다
외로움으로 부스러진

시의 먼지 하나에 칼끝을 겨누어
피 밴 말의 소금기를 맛보았는가?

사막을 걷다가
뼈가 부스러진 말은
그림자도 없이
낙타 발굽 아래 모래산 먼지가 된다

천년의 사막에서 사랑이 날아간다
—— 달마는 왜 동쪽으로 왔는가

높게 날지 못하는 것은
새가 아니다 달아오른

모래 바람 속을 걷지 못하는 것은
낙타가 아니다

새도 낙타도 아닌
개미 행렬이 천년 전의 모래 벌판을 질러간다

자판 위를 지나가는 손가락 끝에서
테크노피아의 스크린을 열고 붕새가 날아간다

너는 누구인가

—— 달마는 왜 동쪽으로 왔는가

산에서는 말이 필요없다
무덤 속에 누운 이들의 世世生生의 말들은
혀 없는 이빨에 부딪혀
봄마다 生의 溫氣를 풀뿌리에서 되찾는다

맞는가, 해골에
파인 눈동자여
천년 후 네 몰골은
미이라가 흘린 눈물 자국에서 살아나는가

중년의 푸른 신호등

—— 달마는 왜 동쪽으로 왔는가

초겨울 코가 찡한 바람, 코트 자락 걸친
중년의 대머리에
몇 오라기 검은 머리카락이 날린다

엷은 어스름 저녁 무렵
앞서가는 그 보름달이 건너가야 할
먹물 번지는 어둠에 잠긴 푸른 신호등

생쥐가 갉아낸 둥근 바다
한쪽이 기운 어깨에서
쓸쓸히 볼이 붉은 달 눈시울에 떠오른다

속살 붉은 일기장

—— 달마는 왜 동쪽으로 왔는가

잎사귀 바람에 다 뜯기고
새까맣게 입술 탄 앉은뱅이 진달래도 살아 있는데
놋쇠바람 씽씽한 소리에
병든 말귓떼기처럼 세워지지 않는 내 귀여

등신처럼 속살 찢긴
日記帳아
정상의 비바람에게 옷자락 다 들쳐보이고
허공에 흩날려버릴 붉은 마음 한잎 어디에 없는가

조신*의 꿈

—— 달마는 왜 동쪽으로 왔는가

새벽녘 조름겨워 가물거리는 촛불을 바라보고
비탄에 젖은 꿈에서 문득 깨어난 조신은
옛날 꽃다운 여인과 인연을 맺어주지 않는다고

원망하던 관음상을 다시 대하기가 부끄러웠다네.
꿈속에서 만나 파뿌리가 된 아내와 헤어진 조신이
슬픔 가눌 길 없어 옛날 굶어죽은 아이의 무덤을 파보
았더니

흙 묻은 돌부처가 나왔다네, 아내는 울며 말했었지
붉은 얼굴에 예쁘던 웃음도 풀 위의 이슬처럼 사라지고
지초와 난초 같던 꽃다운 약속도 회오리 바람에 흩어졌
구려

타다 남은 등잔불 무서리에 깜박거리는 새벽녘 일어나
보니
죽어도 한 구덩이에 묻힐 동무가 되어주시오 맹세하던
아내는 사나운 개에게 물려 울부짖는 아이의 죽음을 목
격하고

영영 헤어질 것을 선언했다네, 조신의 꿈은 꿈 밖에선
가여워라, 오십 년 정분은 꿈 속에 있는데 머리털 쇠고
정신이 멍멍한 조신의 꿈이 어찌 옛날 그 홀로의 것이랴

---

*조신(調信): 『삼국유사』 제4권 「탑과 불상」 편에 나오는 인물.

3

밤기차를 타고 유랑하는 별들
—— 달마는 왜 동쪽으로 왔는가

못내 그리운 것들은 사랑 없는 지상을 박차고 날아올라
눈물 머금은 이슬처럼 지상의 반딧불이 된다

잘게 부서져 여름 하늘 수 놓은
그리움의 보석들 어둠 속을 유랑하다가 하나씩 떨어져

타작 마당 멍석처럼 은하의 별 넘쳐나는 밤
기차를 타고 파도처럼 밀려오는 등 푸른 사랑의 사연들

포도빛 입술

—— 달마는 왜 동쪽으로 왔는가

타들어가는 까만 포도빛 입술
움직일 수 없는 그 자리
쉰 냄새 세상살이 어디에서도

네 마음의 금 밖에서는
어느 누구의 숨소리도
네 마음의 중심에 꽃을 피울 수 없다

바람의 도리깨질
—— 달마는 왜 동쪽으로 왔는가

향나무도 향나무도
너도밤나무도 나도밤나무도
개가죽 방귀소리도 훤히 들리는
파아란 바람이 불어
물푸레 나무도 허방을 도리깨질하는
속시린 가을 하늘

익어가는 감을
사진기처럼 밝게 바라보는
어린아이의 디지털 눈동자
파아란 바람이 불어
향나무도 향나무
너도밤나무도 나도밤나무

사랑의 목소리는 실금처럼 메아리친다

—— 달마는 왜 동쪽으로 왔는가

누구나 알 수 있는 고요는 작고
여린 물살에도
쉽게 부스러진다

큰 고요는 어디로부터 오는지도 모르고
어떤 것으로 깨뜨릴 수 없는
바위 속에 들어 있다

금붕어의 등지러미가 물살을 따라 흐르는
고요는 물결처럼 고요를
부르고, 고요의 파동이

깨어지지 않고 둥글어져 고요의 메아리가 화답하는
작은 고요보다 더 작은 흔들림이
실금처럼 지나간 사랑을 오롯이 파동친다

고요에 화답하는 사람들의 낮은
사랑의 목소리도
작은 고요의 물결보다 더 작은 지느러미를 흔들어
실금처럼 지나간 사랑의 추억을 메아리친다

호도 속 마음의 우주
—— 달마는 왜 동쪽으로 왔는가

혼자의 외로움은 외로움이 아니다
둘의 외로움이

마지막 그림자도 없이
망치를 내리쳐 호도 속 같은 외로움을 깬다

혼자의 외로움은
그림자 비치는 자기의 외로움이다

둘이 하나가 되어
마지막의 혼자도 없는 無의 외로움은

쇠망치를 내려쳐 가을 호도 속에 가득 찬
우주의 외로움을 스스로 깬다

쓸쓸한 사람을 위한 노래

—— 달마는 왜 동쪽으로 왔는가

돌 모서리에 드리운 나무그늘이
차가운 음영으로 짙게 물들어
양지쪽으로 떨어지는 나뭇잎을 향해
작별의 눈길 보내야 하는 시절
아침 안개 속을 혼자 거닐다 보면
날개 돋쳐 떠나갔던 사람들이
끝내 그리움의 자리를 찾아 돌아온다

지상의 아픔을 나날의 양식으로 했던 빛살 푸른 날들은
떫푸른 추억을 붉게 물들이고
구겨진 삶의 갈피들은 서리 내린 하늘로
피워올리는 낙엽의 향기로운 불꽃이 된다 눈썹 그리운
이는
지금 먼 남쪽 나라에서 소식이 없고,
발걸음 서성이는 나 또한 따스한 곳으로
향하고 싶노니, 저물녘 떠나간 자의 등판에
쓸쓸한 노을 조각을 비추다
속절없이 스러지는 삶의 편린들이여,

이름 없는 그 누구에겐들

사랑의 사연 하나 없을 수 있겠는가
빛바랜 추억의 한 모서리를 찾아
부스러진 낙엽과 옛날의 좁은 골목길을 뒹굴다가
외투깃을 파고드는 쌀랑한 바람에
알 수 없는 쌩그란 그리움이 콧날에 뭉클할 때
우리는 문득 초겨울
仁壽峰 너머에 첫발을 내딛은 무서리가
백색의 진군을 예고하며
걸귀들린 불씨를 지피려고
북풍의 숨소리 너울거림을 듣는다

대속의 피막
—— 달마는 왜 동쪽으로 왔는가

청죽을 짜개는 올곧은 그는
작은 바람결만 엇갈려도

서슬 푸르러 청죽을 치려
뇌성의 불꽃이 일어나려 할 때마다

벼락맞은 듯 파르르 떠는 그를
대속의 하얀 피막이 감싼다

은빛 빙어가 프라이팬을 후려칠 때

—— 달마는 왜 동쪽으로 왔는가

뿌연 새벽안개가
얼어붙어 흐린 유리 속에 사물들을 정지시켜 놓는다
새들도 날개를 추스르지 못하는
때 이른 숲 속에서 먼 산
깊은 곳을 돌아나오는 종소리 울려와
산골을 더듬어 내려간 메아리 소리

장바닥 시장골목에 얼어붙은
술꾼의 흐트러진 머리칼을
빳빳하게 일으켜 세우고 빙판 속의
얼지 않은 개울물을 가슴에 흘려보내다가
쓰러진 자의
등판 위에 밀가루처럼
하얗게 서리를 뿌려놓는다

겨울곰 같이 빙판 위에 앉아 있는 낚시꾼들이
얼음 구멍에서 잡아올린
은빛 빙어가 프라이팬을 후려칠 때
기름묻은 밀가루가 사방으로 뿌려지고
빙판 위에서 미끄러질 듯 기우뚱한 겨울은 날아가던 원

반처럼
　더 깊은 곳으로 나아가
　먼 산의 메아리 속까지 미끄러 들어가
　눈 녹인 물 뱁새눈물처럼 흘려보낸다

사랑의 앞마당

—— 달마는 왜 동쪽으로 왔는가

아무도 막지 않아요
아무도 보지 않아요

새도 바람도 다람쥐도
개미도 햇빛도 굼벵이도 한눈 팔듯

울타리 없는 마당에서
그대로 마음껏 뛰놀아

신바람 파도처럼 오글오글 살아나니
사랑의 숨소리 머리칼에 햇살이랑 찰랑이리

세월의 산 그림자
—— 달마는 왜 동쪽으로 왔는가

사랑하던 그 사람 부드러운 그 목소리
떠올려주는 아련한 귀밑 사마귀

세월의 산그림자 보얀 솜털 지워도
저물녘 되살아나는 귀밑 사마귀

기억의 렌즈에 숨어 있다가 설핏하면
자동으로 셔터를 누르고 살아나는

아련히 또렷한 귀밑 사마귀
사랑하던 그 사람 부드러운 그 목소리

등불 그림자

── 달마는 왜 동쪽으로 왔는가

천둥소리는 먹구름 멀리
산봉우리 하얀 이마에 머물고
차바퀴 밑에는

만리 물길을 흘려보낸
조약돌 아쉬움을 부스럭거린다
지켜야 할 내밀한 생의 언약처럼

양철조각의 장난감 차바퀴 버리고
건너오라는 또 한 점 이슬 젖은 눈동자
강 건너 깜빡이는 등불 그림자

아름다운 식사

―― 달마는 왜 동쪽으로 왔는가

나는 벌레
미소짓는 그대는 미인

벌레는 꿈속
나비가 되어 식탁에서 포르르 날아간다

그러나 벌레는 벌레
미인은 미인

벌레를 깨무는
하얀 이 붉은 입술 싱그러워

옥같은 미인의 밝은 눈웃음에
번데기의 꿈은 먼지처럼 날아가 버린다

코뿔소의 사랑

—— 달마는 왜 동쪽으로 왔는가

질주하는 코뿔소의 뿔도
끝내 저항하지 않는
바람은 이기지 못한다

하품하는 입 속으로 갑자기 날아오는
파리 한 마리
저항하지 않는 마음을 무너뜨리는

이 황당한 사랑은 허공으로부터 날아왔는가
축축한 여름비 맞으며
뿔과 뿔을 맞댄 코뿔소 엉덩짝에서 김이 솟는다.

녹차 한 잔의 미소
—— 달마는 왜 동쪽으로 왔는가

천천히 혼자 거닐 수 있는
서늘한 앞마당 어딘가에 있었으면

조용히 떫푸른 녹차 한 잔
잔잔한 미소 띄워 영원처럼 마시고

꼬리치는 삽살개 소리나 어쩌다
찰랑이는 바람결도 외로운 귓가에 들었으면

나타샤*의 손수건
—— 달마는 왜 동쪽으로 왔는가

홀로 『白痴』를 읽는 밤
하얀 밤이 주름잡힌 커튼처럼 드리워진
가슴 가득 눈이 내리고, 외국인

기숙사** 창 밖에서 노란 은행잎 쓸어낼 제
창을 등진 채 책장을 넘기며
여윈 손가락으로 영혼의 가슴을 짚는다

기침을 쿨적거릴 때마다 눈처럼
하얀 나타샤의 손수건에
순정한 핏방울 꽃잎처럼 찍힌다

─────────

* 나타샤 : 『백치』에 나오는 여주인공.
** 일본 와세다 대학의 외국인 기숙사.

바쇼암의 물살 얼음
—— 달마는 왜 동쪽으로 왔는가

芭蕉庵* 옆자리 둥지 틀고
시린 등판에 살얼음 절이는 冬安居
물살 접은 개구리 꿈쩍 않는데

코끝 아린 나는 청맹과니
하얀 입김 절로 서리치는 밤
눈 속의 겨울 나무 바람을 휘감는다

---

* 1673년 강호(江戶)에 처음 올라와 축대 작업을 하던 시절 바쇼(芭
蕉)가 머물렀다는 암자. 오늘의 동경(東京) 문경구(文京區)에 있으
며, 필자는 1995년 이 근처에서 겨울을 지냈다.

4

겨울파리

―― 달마는 왜 동쪽으로 왔는가

머릿고기집 가마솥 위의
민둥한 돼지머리에
솟아오르는 하얀 김

성에가 얼어붙은 창 안에서
밖을 바라본다
파리 몇 마리 지난 여름의 흔적처럼 벽지에

점박혀 있고 오래도록
할 말을 찾던 그가 쑥스러운 손으로 권하는
투명한 두꺼비 한 잔

겨울파리는 빌지 않아도
담즙같이 쓴 술잔을 건네는
인간은 미소짓는다.

겨울의 손수건

—— 달마는 왜 동쪽으로 왔는가

반달곰처럼 조약돌 가슴에서 물기 말리는
앉은뱅이 눈이여, 햇빛 찾아 흙발은
겨울 멀리 혼자서 걸어가 버렸구나

강가에 우두커니 서 있던 미루나무 그림자
전할 길 없는 코묻은 안부를
쓸쓸한 봄 바람에 부끄럽게 펼쳤다 감춘다

망사뱀 꼬리

── 달마는 왜 동쪽으로 왔는가

망사 껍질 허물 벗고
봄길 떠난 뱀은
영 돌아오지 않을 탁발승 나그네

지렁이 같이 징그러운 이 몸뚱일
망사 껍질로 동여매고
뱃바닥으로 밀어 가며

망사뱀의 요령소리 따라 기어갈까
비단길 천리
바람에 언 살 꽃처럼 붉게 터지는데

살고 죽는 생살랑 뒤쫓지 말라
탁발승 나그네
얼비치는 망사꼬리 흔든다

봄감기 들린 둑길

—— 달마는 왜 동쪽으로 왔는가

조청같이 진한
녹차 한 잔 마시고
빈 속에 한 줌 찻잎을 씹는다

바늘 돋은 혀 찻잔에 대고
언 강속에 흐르는
푸른 물로 은빛 아가미 같은 가슴을 적신다

버들피리 비늘 같은
까치 소리 풀잎 편지 전하며 강 언덕 너머에서
감기 들린 목구멍 같은 봄 둑길을 걷자고 한다

얼음의 숨구녕

—— 달마는 왜 동쪽으로 왔는가

봄 바람 불어 작은 새 울 때
먼 산 귀퉁이나 쳐다보다가

막힌 가슴팍 어딘가에
앞마당 갓핀 씬냉이꽃 하나쯤 바라볼

조그만 방 한 칸
겨울강 숨구녕처럼 열어두고 싶다

어린아이의 굴렁쇠

—— 달마는 왜 동쪽으로 왔는가

어린아이는 끝내 어른이 되고
어른은 다시 어린아이가 된다
시작에서 끝으로 가는 둥긂은 수레바퀴

세월의 채찍을 휘둘러라
굴렁쇠 굴리며 뚝길을 달린다

민들레 피어나고, 꽃씨는 날아가고
바보는 침흘리고, 아이들의 꺄르륵한 꽃웃음소리

어른들은 도너츠처럼 동그랗게
담배연기를 만들어 아이들의 웃음꽃을 피워 올린다

해는 환하게 빛나고
호기심이 키우는 어린아이들
연두빛 노래바람 머금고 나날이 자란다

바람의 허리를 타고

—— 달마는 왜 동쪽으로 왔는가

구두 밑창이 제풀에 터지고
겨드랑이의 쉰 냄새 휘돌아
돌부리가 발끝을 가로막는 산길을 다닌다

엄지발 바람구멍 양말에 뚫리고
계곡을 튕기는 물소리에 발가락을 쫑긋하다
꽁지 짤린 노루가 된다

핏방울 하나 떨구지 않았는데
빠알간 풀꽃들이 비로소 말을 걸어온다
하잔한 바람의 허리를 타고

깊은 계곡 나비능선을 단 걸음에 날아간다
거친 옷이 흉하지 않은
뻐드렁이 산사람이 히죽 웃는다

불빛 눈동자

—— 달마는 왜 동쪽으로 왔는가

깊은 산 도깨비 계곡에서도
길을 잃지 않던
작은 담배 불빛 하나

훗날 어둠에 잠겨
깜빡 꺼지려할 때마다
겁 많던 어린날

초록별처럼 떠오르는
아버지의
그윽한 눈동자

어린 달마와 산을 오르다
—— 달마는 왜 동쪽으로 왔는가

우리집 어린아이와 단둘이 일요일 오후 산에 올라갔다 계곡에 쌓인 낙엽속으로 종종거리는 발걸음을 빠뜨리며 우리는 가을산의 향기를 들이키며 하얀 입김을 토했다

산등성이에 올라 발을 뻗고, 바라보니 멀리 시가지가 굽어 보이고, 가까운 등성이의 바윗돌을 껴안고 저만치 서 있는 솔나무가 앙당해 보였다

바윗돌은 나무를 기르려고 스스로 가슴을 열어 조금 갈라져 있었고, 흩어지려는 돌 부스러기 하나도 놓치지 않으려고 실뿌리는 왕모래를 움켜쥐고 있었다 부드러운 흙의 향기로움에는 오랜 빗방울이 다져놓은 정갈한 고요가 있었다

발갛게 상기된 아이가 짙어가는 정적을 깨뜨리며 소리 내어 산을 부르자, 저녁 어스름 계곡의 한 구석에서 산울림이 옹알이처럼 웅얼거렸다 초저녁 푸른 별이 반짝 어둠을 켜들 무렵, 돌부스러기마저 껴안고 마침내 흙이 되는 바위를 껴안은 작은 애솔나무처럼 어린 달마의 손을 잡고 산등성이를 내려왔다

가을산 돌자갈 위에 죽음의 비늘이 머물러……
—— 달마는 왜 동쪽으로 왔는가

막다른 길 처마 내려앉은 여인숙에
이마 부딪히고 들어갈 때
까마귀 울음소리 피멍 배인 하늘에 퍼져
대지의 등판에 깔린 정적의 돌덩이도 차갑게 어두워졌다

구리빛 전화선의 시린 신경다발처럼
저녁빛 엷게 반사하는 자갈 위에 속절없는 금속성 그
림자
흰 싸락눈의 가슴에서
검붉은 정적의 실오라기를 녹이고 있었다

죽음의 재갈을 입에 물고
낙엽 덮인 늦가을 어둠의 벼룻길에서
저승의 문턱을 넘어서지 않으려고
검은 피멍 덩어리를 목구멍으로 삼키며

담배불의 연기가 가늘게 하늘거리는 재의 실밥을
냉한 이승의 가을방 안으로 불씨처럼 털어 넣었다

젊은날의 겨울강

─── 달마는 왜 동쪽으로 왔는가

겨울강은 모든 것을 튕겨버린다고
서운케 일기장에 썼던 것은 잘못이다

겨울강이 추울수록 두껍게 얼어붙은 것은
제 몸 속에 품고 있는 피라미 새끼와 물풀과 작은
돌멩이들을 세찬 바람으로부터 감싸기 위해서였다

수많은 겨울이 지나가는 동안 나는 몰랐다
강가에서 튕겨져나오는 돌멩이만 바라보던 젊은 날에는

꽝꽝 얼어붙은 겨울강의 살속을 흐르는
따뜻한 사랑의 숨소리 나 정말 알지 못했다

보라색 꿈속길
—— 달마는 왜 동쪽으로 왔는가

가진 것도 가지지 않은 것도
없이 맨발로 걸어가는

이승 너머 저승 너머
꿈속에서 피어나는 보라색 풀꽃들

누구나 아름다움 머금고 있으나
꿈속에서 피어나는 보라색 꽃잎들

이승 너머 저승 너머
맨발의 나비 날개 팔랑이는 보라색 꿈속길

어두운 햇살의 잠든 귓구녕

—— 달마는 왜 동쪽으로 왔는가

가을 햇살에 바짝 마른 창호지 위를
말벌이 걷는다

창호지 속살 톱날처럼 하얗게 찢고 있는
말벌의 긴 갈퀴 소리가

아랫목 때절은 방 한 켠에 어두운 햇살의
잠든 귓구녕을 가을 운동장보다 환하게 열어준다

공놀이하는 달마
—— 달마는 왜 동쪽으로 왔는가

저물녘까지 공을 가지고 놀이하던 아이들이
다 집으로 돌아가고, 공터가 자기만의
공터가 되었을 때
버려져 있던 공을 물고
개 한 마리가 어슬렁거리며
걸어나와 놀고 있다

처음에는 두리번거리는 듯하더니
아무것도 돌아보지 않고 혼자
공터의 주인처럼 공놀이하고 있다
전생에 공을 가지고 놀아본 아이처럼
어둠이 짙어져가는 공터에서 개가
땅에 젖은 먼지를 일으키며 놀고 있다 다시

옛날의 아이가 된 것처럼 누구도 불러주지
않는 공티에서 쭈그러든 가죽공을 가지고 놀고 있는
개는
놀이를 멈출 수 없다 공터를 지키고 선
키 큰 나무들만 골똘하게 놀이하는 그를
보고 있다 뜻대로 공이 굴러가지 않아 허공의

어두운 그림자를 바라보는 눈길이 늑대처럼 빛날 때

공놀이하던 개는 푸른빛 유령이 된다 길게 내뻗은 이
빨에
달빛 한 귀퉁이 찢겨 나가고
귀신 붙은 꼬리가 일으킨 회오리 바람을 타고
공은 하늘로 솟구쳤다 떨어지기도 한다
어둠이 빠져나간 새벽녘
이슬에 젖은 소가죽 공은 함께 놀아줄
달마를 기다리며 버려진 아이처럼 잠든다

모밀밭 숨소리

——달마는 왜 동쪽으로 왔는가

달빛 빽다귀들이 멋대로
잘린 통나무처럼 굴러 다니는
조그만 공터에서 갈 곳 없이 낄낄대던 귀신들

적적한 공터에 발그림자도 없는데
썰렁한 등 뒤 검은 발자국 데불고 걸어가는
어떤 취한의 딸국거리는 노래소리

팔을 자르고 다리를 자른
몽달귀신의 피가 발린 하얀 정적이 두터워
모밀밭 왕소금 삼키는 창백한 달밤

불 혓바닥의 라이트

—— 달마는 왜 동쪽으로 왔는가

캄캄한 복판을 직진해 오는 헤드라이트

몸 놀릴 틈 없다
살려고 하는 자는 살지 못한다
마사이족*의 전사처럼 일격의 창을 던져라

캄캄한 어둠의 복판에서
라이트가 터지는 순간 가늘게 들리는
모기 울음소리 듣지 마라

성난 호랑이 불혓바닥을 뽑아라

---

* 마사이족: 아프리카에서 가장 용맹한 종족. 마사이족의 용맹한 전사
는 창 하나로 사자와 맞대결한다.

참새 꽁지 발자국

—— 달마는 왜 동쪽으로 왔는가

뜰에 쌓인 낙엽은
겨울 갈퀴바람이 쓸어가고

길에 쌓인 눈은
통통거리다 잘 못 걸려

꽁지 잘린 봄날
참새 발자국이 치우고

하얀 꽁지 민들레 깃털
아지랑이 따라 봄눈처럼 날린다

달마와 개미

—— 달마는 왜 동쪽으로 왔는가

산등성이에 오르며 개미가 된다
자연에 배설한 인간의 향기로운
진흙덩어리에서 웽웽거리는 왕파리가
햇빛과 바람의 주인이다

무의 세상을 연주하는 무궁한 향연에
금빛 풍뎅이와 푸른 부챗살 날개를 가진
왕파리가 한 세상을 뒤바꾸고

이삿짐에 실려다니는 세상살이
산등성이 등에 진
달마가 머나먼 서역에서
개미떼 몰고 바람 속을 걸어간다

세르파의 전설

—— 달마는 왜 동쪽으로 왔는가

세르파의 한 전설적인 영웅은 네팔인 최초로 정상에 오른 후 스무 차례나 히말라야에 올랐다. 그가 스물한번째 히말라야에 가려고 하자 네팔의 왕은 그에게 간곡히 당부하였다.

이제 그대는 더 이상 히말라야에 올라갈 필요가 없다네. 그대의 명성은 온 누리에 퍼졌고, 국민들 모두가 그대를 칭송하고 있나니 제발 더 이상 오르지 말게나.

위대한 왕이시여, 이제 마지막 한 번만 산에 오르겠습니다. 저의 소망을 꺾지 마소서.

왕도 만류할 수 없었던 그가 스물한번째 정상을 밟고 내려오면서 마지막 한 번 더 산봉우리를 바라보려 하던 순간 발을 헛딛어 만년설의 계곡으로 떨어졌다고 한다.

어쩌면 히말라야가 너를 부른다는 신의 속삭임이 그를 영원히 죽지 않는 雪人으로 만들어 오늘도 그는 雪山의 목소리를 인간에게 전하는 것이리라.

젊은 영웅 세르파

—— 달마는 왜 동쪽으로 왔는가

열다섯에 최초로 히말라야에 도전한 용감한 젊은 세르파가 있었다. 정상을 눈앞에 둔 그가 풀어진 구두끈을 잠시 묶으려 내민 손가락 때문에 그는 마지막 정상에 오를 수 없었다.

잠깐 장갑을 벗었던 순간. 혹한에 노출된 손가락 다섯을 자른 그는 자신의 열망을 꺾을 수 없었다. 그는 사람들에게 호소했다. 나에게 다시 정상에 도전할 기회를 주십시오. 가난한 세르파들이 그를 위해 성금을 모았다.

마침내 정상에 오른 젊은 그는 오늘날 낯선 등산객들의 짐을 지고 노새처럼 땀흘리며 산을 오르는 세르파들의 가슴에 살아 있는 영웅이었다.

그림자의 스승 달라이 라마
—— 달마는 왜 동쪽으로 왔는가

망명정부를 세우기 위해 인도 국경에 다다른 달라이 라마에게 한 국경수비군이 물었다.

「그대는 어디서 오는 누구인가」
「나는 티베트의 승려다」
「그렇다면 구원자 불타인가」
「나는 그분의 그림자일 뿐이다」

짧고 급박한 침묵이 한 모금 스쳤다.

「나는 다만 내 모습을 빌어 세상 사람들에게 그들 본래 모습을 보게 할 뿐이다」

＊달라이 라마의 생애를 다룬 영화 〈쿤둔〉의 마지막 장면에서의 대화.

시적 신성성과 매혹
—— 히말라야와 정글의 빗소리

어둠이 언제 가셨는지 모르게 날은 밝아 있었지만, 빗방울 소리가 온 세상의 나무들을 자욱하게 뒤덮고 있었다. 수많은 빗방울을 받아내는 나뭇잎들의 수런거리는 소리가 잠에서 막 깨어나려는 눈꺼풀 위에 떨어지고 있었다. 갈대 지붕에 나무로 만든 오두막 로지에 떨어지는 빗소리는 부드럽고 감미롭게 대지에 스며들었다. 시멘트 벽과 아스팔트 길에 떨어지는 빗방울 소리와 달리 부드럽게 부딪치며 속 깊이 스며드는 물방울 소리들이 불러일으키는 촉감은 어린 날의 아주 멀고 오랜 추억을 되살려주는 것 같았다.

지난 3일 동안 다리에 뭉쳐 있던 피로의 멍울들이 빗방울 소리에 조금씩 풀려지고 있었다. 의식의 가사 상태에서 이 수많은 소리들이 무엇을 말하는가 귀기울여 보았다. 이 소리들의 배면에는 이틀 전 산 너머 저쪽에서 보았던 히말라야의 영봉들이 그림자처럼 어슴프레했다. 꼬

박 이틀 동안 열대의 정글을 헤치고 걸어 올라가 해발 3,200미터에 위치한 푼 힐Poon Hill 전망대에서 보았던 다울라기리, 안나푸르나, 마차푸차레 등의 히말라야의 산봉우리들은 자연의 장관이 무엇인지를 보여주었다. 지구의 정상에 우뚝 선 콧날 같은 다울라기리와 범접을 불허하는 신비감을 감싸고 있는 마차푸차레 그리고 절대의 창조주가 신검을 붓처럼 휘둘러 그 위대함을 한 획으로 치솟게 한 안나푸르나는 서로가 서로의 위용을 응시하면서 스스로 매혹된 신의 걸작을 연출하듯 거대한 풍경을 눈앞에 드러내고 있었다.

웅장한 자연은 사람들로 하여금 탄성도 제대로 지를 수 없게 만들었다. 이처럼 신성한 풍경을 이기적 인간에게 오래 보여줄 수 없다는 듯 산봉우리를 가리우는 구름이 지나갔다. 그럴수록 우리는 만년설에 뒤덮인 산봉우리들이 구름의 베일 뒤에서 우리를 부르고 있는 것이 아닌가 하는 어떤 유혹의 목소리에 사로잡히지 않을 수 없었다. 산이 나를 부른다는 어떤 매혹이 사람들로 하여금 목숨을 걸고 험난한 산에 오르게 할 것이다. 이 매혹에 한번 사로잡히면 도저히 뿌리칠 수 없는 이끌림이 그들을 끌어당기는 마력을 발휘하는 것이 아닐까.

산이 정녕 인간을 부르는 것은 아닐 것이다. 인간이 산을 부르는 것이리라. 인간의 내면에 산을 부르는 어떤 목소리가 산봉우리에 부딪쳐 하늘의 응답을 들려주는 메아리처럼 멀리서 되돌아오는 것이 아닐까. 산은 언제나 거기에 있을 뿐이다. 산을 향해 움직일 수 있는 것은 인간이다. 그 인간의 마음이 산의 목소리에 응답할 때 어떤 반향이 일어나는 것이리라.

오래전부터 내가 품고 있는 의문 중의 하나는 석가모니가 왜 설산고행을 하지 않을 수가 없었는가 하는 점이었다. 이번 여행에서 알게 된 하나의 사실은 거기에 가보지 않은 많은 사람들이 히말라야를 연상할 때 만년설을 먼저 떠올리지만, 그 설산에 오르기 위해서는 거머리가 물방울처럼 나뭇잎에서 툭툭 떨어져 내리는 열대 정글 지대를 통과해야 한다는 것이었다. 거머리가 피를 빨아 당나귀들이 돌계단에 떨어뜨린 선명한 핏방울을 보며 우리는 산정으로 가는 구절양장의 기나긴 길을 걸어야 했다.

만년설과 열대우림의 양극에 석가모니가 깨달은 마음의 비밀이 있는 것이 아닐까. 인간적 성숙을 위해 가족을 떠나 정글 속에 들어가 몇 년씩 생활하는 것은 많은 네팔인들에게는 자연스러운 일이라고 한다. 석가모니의 출생지인 룸비니가 네팔의 남쪽에 있다는 것 또한 우연한 일이 아닐 것이다.

한쪽으로는 인도와 다른 한쪽으로는 중국과 같은 거대 제국들과 국경을 맞대고 있는 약소국 네팔인들이 석가모니가 네팔 사람이라 생각한다는 것은 그들의 영적 자부심의 표현일 것이다. 룸비니에서 태어나 인도에서 수행하고 다시 설산에 돌아와 고행한 다음 마침내 보리수나무 밑에서 득도한 석가모니의 마음속에는 히말라야의 정결한 영봉들이 자리 잡고 있었던 것은 아니었을까. 지극함의 극단에까지 나아갈 수 있었던 것은 바로 만년설이 지닌 영적 힘 때문이리라.

설산고행이 없었다면 석가모니의 고행 또한 범박한 것에 지나지 않았을지 모른다는 것은 나의 어리석은 판단일까. 그러나 아침 햇빛을 받아 눈부신 빛을 발하고 있는 히말라야의 설산들을 바라보는 순간 인간에게 지고함을 깨닫는 영혼이 있다면 이 웅장한 산봉우리들이야말로 그 것을 깨닫게 해주는 결정적인 증거가 될 것이라는 느낌이 마음속을 스쳐갔다.

몇 해 전에 갠지스강에서 붉은 해가 떠오르는 새벽을 맞이해 본 경험이 있다. 적갈색의 혼탁한 물에서 수많은 사람들이 목욕하고 예배드리고 그리고 불태워져 흘러가는 것을 가슴 저리게 바라보았다. 과연 소유와 집착이란 무엇인가. 생에 집착하고 편견을 고집하며 더 많이 소유하기 위해 아귀다툼을 벌이는 삶의 현장에서 우왕좌왕하던 나를 돌이켜보지 않을 수 없었다. 불태워져 한 줌의 재가 되어 흘러가는 육신의 삶이란 얼마나 허망한 것인가.

그 여행에서 돌아온 다음 사람들에게 말했다. 죽고 싶은 충동이 일어나거나 세상이 원망스럽다면 갠지스강에 가서 마지막 하룻밤을 지새워보라고. 그때 새벽길을 동행했던 일행 중의 한 사람이 이성선 시인이었다. 우리는 시의 정신성에 대해 이야기했고, 그가 쓰고 있던 산시에 대해서도 솔직한 의견을 나누었다. 서로가 내밀하게 공감하는 눈빛을 바라보며 이 강을 거슬러 올라가 히말라야까지 가보자고 약속했었다. 그러나 약속이 자꾸 미루어지던 중 그는 몇 달 전에 고인이 되어버렸고, 나만이 홀로 히말라야의 산들을 눈앞에 두고 있으나 그 산들을 바로 볼 수 없어 머리 숙여 발밑의 작은 풀꽃들을 바라보고 있으니 이 또한 무슨 생의 아이러니일까. 내가 정말로 제대로 볼 수 있었던 것은 발밑의 작고 하얀 풀꽃들뿐이었을 것이다. 그럼에도 나의 히말라야 산행은 지고한 것과 신성한 것에 대한 시적 동경을 확신시켜 주는 계기를 던져주었다. 우리 일행 모두 설레이는 마음을 가라앉힐 수 없었다. 바쁘게 사진을 몇 방 찍는 걸로 해결되지 않는 흥분과 감동이 가슴을 꽉 채우는 것 같았다.

소리 지르고, 박수 치고, 낄낄대 보아도 풀리지 않는 들뜬 감정들이 사람들의 발걸음과 말소리와 얼굴빛에 나타나 있었다. 그리고 그들의 눈빛에서 이상한 새로움이 뿜어져 나오고 있었다. 사람들은 지금까지 그들이 무엇을 어떻게 생각하고 살아왔든 이 지고한 순간에는 모두 하나가 되는구나. 어제 밤 늦게까지 잠을 이루지 못하던 우리 일행들 사이에 격심한 기상 변화로 인해 등산 강행 여부를 놓고 찬반양론으로 갈려 일어났던 새벽녘의 소란과 갈등은 씻은 듯 사라지고, 천진한 아이와 같은 환호작약의 순간만이 이틀에 걸친 고된 산행의 절정을 한껏 기쁘게 만들어주었다.

어둠 속에서 내리기 시작한 굵은 빗방울들은 모두를 다 독이고 있었다. 눈감고 듣고 있던 나는 조용히 눈을 뜨고 밝아오는 새벽녘의 뿌유스름한 나무들을 바라보았다. 물기에 젖은 나뭇가지들은 연약하지만, 기쁜 듯 나뭇잎들을 흔들어 보여주었다. 새파란 나뭇잎이 툭툭 맑은 물방울을 대지에 떨어뜨리는 것을 바라보면서 오래전부터 가지고 있던 또 하나의 의문을 떠올려보았다. 〈밀림 속에서 길을 잃은 자는 북소리를 따라가지 말고 북 치는 사람을 찾으라. 그렇지 않다면 영영 밀림에서 헤어나오지 못할 것이다.〉 대학 시절 『우파니샤드』에서 읽었던 어떤 구절일 것이다.

왜 북소리를 쫓아가면 안 되는 것일까. 정글에 가보지 않으면 그 뜻을 알 수 없었던 것일까. 정글의 빗소리들이 수만 수천의 해답을 나에게 알려주는 것 같았다. 정글 속에서 고행하던 석가모니도 이 소리들을 이천 년 전에 들었을 것이다. 북소리는 멀리서 아련하게 울렸고 빗방울 소리는 가깝게 다가와 내 마음속에 막혀 있는 것을 뚫어주는 것 같았다.

어제 저물녘 코끼리를 타고, 숲속에서 보았던 코뿔소나 깊은 밤에 보았던 날팽이 한 쌍도 내 머리를 스쳐갔다. 두리번거리며 주춤거렸던 까닭에 적갈색으로 침전되던 세월의 물살들이 명료하지 않은 의식의 저편으로 느리게 감겼다 풀리면서 빗방울 속에 용해되어 나뭇잎과 대지를 적시고 있었다. 내가 덮고 있는 담요들은 그 동안 나를 겹

겹이 감싸고 있던 허물과 같았다. 껍질을 벗고 깨어나라.

네 자신의 마음속에서 비밀을 찾아라. 지고한 것도 누추한 것도 다 인간의 마음속에 있는 것이 아닌가. 그러나 인간의 마음은 육신을 집으로 하지 않으면 존재할 수 없는 것이 생의 비애일 것이다. 히말라야의 영봉들은 그들을 향한 하나하나의 발걸음이 없다면 도저히 가까이 갈 수 없는 존재이다. 하나의 발걸음에 시작이 있고 끝이 있다. 당나귀들도 돌계단에 핏방울을 뿌리며 주인과 함께 이 산길을 오르내리지 않는가. 그들의 오르내림은 생을 위한 무목적적인 발걸음이다. 그들의 발걸음이야말로 위대한 일이다.

북소리를 쫓아 밀림을 헤맬 것이 아니라 인간의 마음속에 잠재한 소리의 근원을 찾으라는 것이 옛 『우파니샤드』의 가르침이리라. 웅장한 산들의 신비에 매혹되는 것도 인간이고, 또 자신의 삶에 수많은 의문을 갖는 것도 인간이다. 방황하고 길을 잃은 것도 인간이다. 삶에 대한 매혹을 갖지 않는다면 인간에 대한 매혹도 없을 것이요, 시에 대한 매혹도 없을 것이다. 매혹은 정열이요 또한 의문이다. 끝내 길을 잃은 자도 있지만, 잃었던 길을 찾는 자도 있을 것이다.

석가모니가 인생의 근본 문제에 대한 의문을 풀었다면 그것은 히말라야에 대한 매혹과 신비가 가슴속에 살아 있었기 때문이 아니었을까. 누추한 삶에도 불구하고 맑고 푸른 눈을 지닌 히말라야 고산족들의 얼굴이 떠올랐다.

문명에 때묻지 않은 그들의 눈동자는 인간에 대한 외경을 새삼 깨닫게 해주었다. 석가모니는 히말라야의 높은 산봉우리 같은 맑고 큰 눈을 가진 영적 존재가 아니었을까. 인간들이 기리는 근원으로서의 여성성에도 생명을 매혹시키는 크고 그윽한 영혼의 호수가 살아 있는 눈동자처럼 잠겨 있는 것이리라. 문명이란 인간의 탐욕을 만족시키기 위해 자연을 파괴하고 이기심만 팽창시키는 거대한 괴물이 아니겠는가.

휘황한 서울의 밤거리가 얼비쳐 왔다. 시적 신성성이 사라진 자리에는 세속주의와 매명주의가 횡행하는 법이다. 나의 시 또한 언제 설산과 같이 맑고 큰 눈을 가질 것인가. 정글의 북소리만 뒤쫓아 밀림을 헤매고 살아왔던 것 같은 지난 30여 년의 혼탁한 세월이 내 의식의 배면에 깊게 자리 잡고 있는 것 같아 다시 눈을 감았다. 한밤중 불빛이 없는 어둠 속으로 걸어나갔다가 잘못 든 길에서 잠시 내 앞을 가로막았던 한 쌍의 달팽이들은 느린 걸음으로 숲속의 어디로 가고 있었던 것일까. 어둔 밤길을 가는 그들에게도 어떤 생의 목표가 있었는지도 모른다.

빗소리가 그친 다음 치투완 국립공원의 로지는 적막했다. 맑은 공기가 손에 잡힐 것같이 투명한 오솔길을 걸어 안내소에 가 물었더니 우리 일행들은 벌써 지프를 타고 더 깊은 숲속을 탐험하러 떠났다고 했다. 새벽녘부터 밖으로 나가는 것을 포기하고 빗소리나 같이 듣자고 했던 신덕룡 교수에게 함께 숲속 길을 걷자고 했다. 히말라야를 등뒤로 하고 긴 산길을 내려오자 숲속의 흙과 썩은 나무의 향기가 코끝을 찌르는 정글의 오솔길이 내 앞에 열려져 있었다. 멀리 다울라기리의 코끝을 스친 만년설의 향기가 정글의 숲에 아련했다.

짧지만 긴 여행에서 돌아온 다음에도 나는 밀림의 북소리에 대한 강박감을 떨쳐버리지 못하고 있었다. 여름이 지나고 가을로 접어들어 맑은 바람이 불어왔다. 나는 아직도 어떤 실마리를 풀지 못하고 있었다. 그러던 어느 날 가까운 한 친구가 속삭이듯 내 어깨를 툭 치며 무심코 말했다. 밀림의 북소리는 밀림에 있는 것이 아니야. 나는 이 말에 놀랐지만 아무 말도 하지 않았다. 당신 자신의 심장 소리를 들어봐. 심장의 울림이 북소리 같은 거야. 나는 눈을 크게 떴다 감았다. 청명한 밀림의 공기가 깊이 스며들었던 나의 심장에서 지금까지 느끼지 못했던 어떤 떨림이 전해 왔다. 그 떨림은 지금까지 진실을 찾아보겠다고 내가 떠났던 모든 여행의 첫 출발부터 나를 따라온 것이었다. 그렇다. 밀림의 북소리는 내 심장의 박동에서 비롯된 것이다. 심장의 박동은 내 마음을 살아 있도록 끊임없이 속삭이던 소리였던 것이다. 나는 기뻤지만 오래도록 침묵했다.

만년설이 쌓인 히말라야의 영봉은 맑은 영혼의 눈동자 속에 얼비치는 것이 아닐까. 이렇게 긴 우회로를 돌아 다시 원점에 서야 하다니……. 『큰바위 얼굴』을 읽었던 어린 소년 시절부터 내 마음속에 함께 있던 영혼의 친구가 바보처럼 가장 가까이 있던 것을 모르고 있던 나를 부드러운 눈으로 바라보며 웃고 있었다.

공놀이하는 달마

1판 1쇄 찍음 2002년 4월 6일
1판 1쇄 펴냄 2002년 4월 12일

지은이 최동호
펴낸이 박맹호
펴낸곳 (주) 민음사

출판등록 1966. 5. 19. 제16-490호
서울시 강남구 신사동 506번지 강남출판문화센터 5층 (우)135-887
대표전화 515-2000 / 팩시밀리 515-2007
www.minumsa.com

ISBN 89-374-0702-7 03810